रिश्तों की तपिश

यत्रेश

कहानी लिखने का शौक लंबे अरसे से था पर अक्सर वो कहानियां मोबाइल के नोट पैड पर थे या किसी डायरी में। कभी एकत्रित न हो पाये। मेरी कहानियों की एकमात्र श्रोता मेरी पत्नी रहीं। उनके लाइक करने पर अपने को खुश पाता।

उनके कहने पर ही मैंने कुछेक कहानियां अपने मित्रो की बैठक में सुनाया तो एक सुखद फीडबैक मिला। सब ने मुझे इन कहानियों को प्रकाशित करने के लिए प्रोत्साहित किया। उसी का परिणाम ये कृति है।

मैं समर्पित करता हूं यह कृति अपनी पत्नी को और उन करीबी दोस्तों को जिनके प्रोत्साहन ने मुझे प्रेरित किया है लिखने को और उन्हें प्रकाशित करने को।

क्रम-सूची

प्रस्तावना

पारिवारिक रिश्तों की तपिश भी कम नहीं होती। एक दूजे को समझें और सामंजस्य बिठा कर रखें ,ये सब चाहते हैं। पर कुछ लोग इसे बखूबी करतें हैं।

कुछ किरदार हैं इस कहानी संग्रह में जो आप को शायद भा जाएं।

नए परिवेश में चुनौतियां भी कम नहीं। शायद ये कहानियां एक नया नजरिया ही दे दे।

उम्मीद है , आप इस लघु कथा संग्रह को अपना प्यार और आशीर्वाद देंगे। आपकी प्रतिक्रिया प्रतीक्षित रहेगी।

भूमिका

समय और परिस्थिति वश संयुक्त परिवार अब न्यूक्लियर परिवार बनता जा रहा है। दोनो के अपने फायदे और नुकसान तो हैं ही। तात्कालिक जरूरतें हमे एक दूसरे को साथ देने और मिल जुल कर सामंजस्य बिठा कर जीने को प्रेरित करते हैं।

कभी यह एक अवसर देता है तो कभी अवसाद। बेहतर तो यह है की हम मिल कर जिंदगी को और खुशहाल बनाएं और सब खुश रहें।

इन्ही परिस्थितियों से जूझते हमारे कहानी के किरदार आप के समक्ष हैं । कौन कैसा है ,सही है या गलत ,फैसला आपका।

1

मीनमेख

गांव में प्रभाकर जी का बड़ा नाम था। उनके घर से निमंत्रण मिलने पर लोग जरूर जाते थे। खाने का स्वाद इतना उम्दा होता था की लोग महीनो उसकी तारीफ करते रहते। हो भी क्यों नही, प्रभाकर जी खुद सारा भोजन बनाते थे और उन्हें इस काम में बहुत आनंद आता था। यह कला उन्हें समझो विरासत में मिली थी।

पर उन्होंने अपने बेटो को इस कला से दूर रखा और जोर दिया इनके पढ़ने लिखने पर। पत्नी शिवानी या कोई और घर में खाना खासकर सब्जी या मछली बनाते तो उसमे वो गलती जरूर पकड़ते। आदतन रसोई पहुंच ही जाते और कमान अपने हाथ में ले लेते। बीच में शिवानी को कुछ ऐसी बीमारियों ने घेर लिया की वो कोई मेहनत वाला काम करने लायक नही रही।

समय बीतता गया और उनकी भी उमर हो चली। अब उन्हे ये सब काम थका देता था पर फिर भी हंसी खुशी करते।

घर में बहु अवंती आई तो उसने भी किचन में शिरकत करने की इच्छा जारी की अपने पति से। पर बेटे नारायण ने बहु को प्यार से आगाह किया की वो न जाए तो बेहतर। बाबूजी मीनमेख जरूर निकालेंगे। फिर भी एक दिन वो कटहल की सब्जी बनाई तो उसे ठीक से ना भुनने की गलती बताई। उन्होंने बहू को समझाया कि कैसे धीमी आंच पर पहले अच्छे से पकाते हैं।

अवंती ने नारायण की तरफ देखा तो वो मुस्कुरा रहा था।

बस उसे तो एक बहाना मिल गया। कुछ सीखने के बजाय उसने उनकी टिप्पणी को गांठ बांध लिया।

अब सब लोग बस खाना बनने का इंतजार करते , जो उन्हे मम्मी से एक कॉल के रूप में आता और सब खाना खाने पहुंच जाते।

आलम ये हो गया की बाबूजी एक मात्र बावर्ची रह गए घर पर। उनके काम से बाहर जाने पर या तो नौकरानी बनाती या रेस्टोरेंट से खाना आता।

कभी कभार प्रभाकर जी की बीबी से देखा नही जाता तो सपोर्ट के लिए छोटा मोटा काम कर देती।

अजब से चक्रव्यूह में फंस गए थे हमारे प्रभाकर जी। बेटे बहु ने कभी खाना पकाना सिखा नहीं और बीबी को किस्मत ने लाचार कर दिया था!

2

सुकून

रमेश और उसकी पत्नी रश्मि अजीब से उलझन में थे। दोनो की कैरियर प्रोफ़ाइल बहुत ही डिमांडिंग थी। रश्मि सेल्स इंजीनियर थीऔर रमेश कंप्यूटर इंजीनियर।

इनकम अच्छी थी पर गुड़गांव जैसे जगह के लिए कम ही थी। १ बीएचके घर के लिए भी २५००० महीने का रेंट था।

सुबह की अफरा तफरी में नाश्ता भी ठीक से नहीं हो पाता और शाम में इतने थके होते की डिनर बनाने की हिम्मत नही होती। ऑफिस की कैंटीन और स्विगी के भरोसे वीक बीत जाता।

उधर मां बाबूजी गांव में आराम से दिन बीता रहे थे पर मन से बच्चों की परेशानी देख दुखी थे। उनके महीने के खर्च कम थे पर बीमार होने पर बच्चों को बुलाने या खुद गुड़गांव जाने आने में सारे जमा पूंजी निकल जाते थे।

न्यूक्लियर फैमिली सेटअप में सब लोग परेशान थे।

एक दिन बहु को आइडिया आया की क्यों न एक बड़ा घर लेकर सब साथ रहें। टोटल खर्च और सब की सहूलियत के हिसाब से आइडिया अच्छा था पर मां को हमेशा बहु के साथ रहने का मन नहीं हो रहा था। कुछ दिनों तक वो कुछ गुमसुम रही।

फिर उनके बेटे ने उनकी नब्ज़ टटोली तो पता चला कारण इस चुप्पी का। रहने सहने का तरीका एकदम भिन्न था और थोड़ी प्राइवेसी भी

"

चाहिए होती है सबको।

बेटे बहु को लेट नाइट मूवीज का शौक है तो मां बाबूजी को सुबह की चाय, पूजा पाठ और भजन सुनने की।

बेटे ने कुछ नहीं कहा बस ठान लिया कि क्या करना है। कुछ ही दिनों में एक और १ बीएचके नीचे के फ्लोर में खाली हुआ तो उसने झटपट उसे रेंट पर ले लिया और मां बाबूजी के हिसाब से सिंपल लेकिन आरामदायक बेड, आराम कुर्सी, गैस आदि से सुसज्जित कर दिया। एक छोटा सा मंदिर और तुलसी का पौधा लगाना कैसे भूलता।

फिर मां बाबूजी को कुछ दिन साथ रहने को बुलाया। स्टेशन से घर आने तक भी कुछ न कहा।

आने पर उन्हे उनका नया फ्लैट दिखाया। देख कर दोनो को रोना आ गया और बस बेटे और बहू को गले लगा लिया।

अब ना तो खाना का टेंशन न ही एडजस्टमेंट करने का।

बोनस में हर रविवार बहु को बाबूजी का फेवरिट हेड मसाज मिल जाता और बेटे को ऑफिस से आने पर एक प्याली चाय ! कॉलेज दिनों के बाद अब जा के उसे दिल और दिमाग दोनो से सुकून मिला था !!!

ज्वाइंट फैमिली सेटअप लेकिन नए जमाने की जरूरत के हिसाब से !!

अब मां बाबूजी खुश थे और बेफिक्र भी !

3

जिंदगी तबाह कर दी....

सरकारी रिटायर्ड लोगों की स्थिति सामान्यतया अच्छी होती है। आमदनी भी थोड़ी और खर्च और भी थोड़ी। मजे से दिन निकलते हैं।

पर ऐसा हरेक के साथ नही होता। बच्चे नालायक हों तो उनका बोझ बढ़ जाता है।

हमारे शर्माजी की कहानी भी कुछ ऐसी ही है। बेटे ने पढ़ाई ठीक से नही की।एक छोटे बिजनेस में हाथ पांव मार रहे हैं पर अपने खर्चे भी नही निकाल पा रहे। बहु भी ऐसी नही की कुछ कमा ले।

अब दादाजी के सामने उनका पोता भूखा कैसे रह सकता है ? आखिर खून है अपना।

बहु और बेटे को अब क्या कहें ! इस असमंजस में बेचारे शर्माजी ने अपना शहर का घर और पेंशन के सारे पैसे बेटे के हवाले कर गांव रहने लगे।

मुसीबत पड़ने पर भी दोस्तो और रिश्तेदारों का ही हेल्प लेना पड़ता था।

इसी जद्दोजहद में जब उन्होंने बहु के ताने सुने तो कलेजा मुंह को आ गया ... अपने नालायक बेटे के साथ मुझे ब्याह कर मेरी जिंदगी तबाह कर दी....

सोचते रहे रात भर, किसने किसकी जिंदगी तबाह की?

4

उलझन

बाबूजी की तबियत बिगड़ी तो दोनो बेटो ने उन्हे और मां को गांव छोड़ साथ रहने की जिद की। बार बार गांव जाना उन्हे देखने और इलाज कराना मुश्किल हो रहा था।

कुछ दिनों में सब एक साथ रहने लगे २ कमरे के फ्लैट में। बाबूजी और मां को ड्राइंग रूम मिला सोने और आराम करने को। असहज तो थे पर क्या करते?

सर पे साड़ी की पल्लू रखने वाली दोनों बहू धीरे धीरे सलवार सूट और फिर शॉर्ट्स में कब आ गईं पता ही न चला। सब की खुशी में मां बाबूजी ने एक शब्द न कहा।

एक दिन काम के बोझ को लेकर काफी बातें हुई । बाबूजी ने सोचा कुछ काम मैं भी करूं और सोचा फुल्ली ऑटोमैटिक वॉशिंग मशीन तो है ही , बस कपड़े डालने , निकालकर सुखाने और सब के कमरे में वापस रखने का काम तो मैं कर ही सकता हुं। बस उन्होंने कहा और सबने मान लिया।

इस प्रक्रिया में उन्हे दोनों बहू के अंडर गारमेंट छूने पड़ते थे, ये उनको अंदर से दहला जाती थी। काम से नहीं पर इस सोच से परेशान थे वो।

समय कितना बदल गया, यही बाबूजी कभी गांव के घर में महिलाओं के अंडर गारमेंट्स को कपड़े के नीचे रखकर सुखाने की प्रथा बनाई थी। देखना,छूना और उसे फोल्ड करना तो कभी सपने में भी नही सोचा था।

सब साथ थे ,खुश भी दिखते थे पर बाबूजी अजीब उलझन में थे। क्या करूं ? क्या कहूं?

5

एसयूवी

पापा बहुत खुश हुए जब उनके प्यारे बेटे ने एक एसयूवी कार खरीदा और पिक्चर शेयर किया व्हाटसैप पर। उन्होंने मचल कर कहा था इसे ड्राइव करने में बड़ा मजा आयेगा।

उन्हे वो दिन याद आ गए जब उन्होंने बेटे को ड्राइविंग सिखाई थी अपने मारुति ऑल्टो पर। और कैसे पूरी फैमिली ने रोड ट्रिप एंजॉय किया था मारुति डिजायर से कुछ सालों बाद। एक हसरत थी की काश एक एसयूवी होता ।

पर आज पापा मायूस हैं जब वो इस एसयूवी में बैठे हैं अपने बेटे के साथ।

उनकी उम्मीद जो टूटी थी आज।

बेटे ने एक बार भी गाड़ी चलाने को नहीं कहा, बस साथ चलने को कहा। उनके अंदर का दर्द मचल कर रह गया।

दिल के अरमान को जुबां तक ना ला पाए !

6

हमारा जेनरेशन दिल की सुनता है.....

बेटा हो और अच्छी से पढ़ाई कर के बड़े से ओहदे पर काम करे, बंगला हो,गाड़ी हो,नौकर चाकर हो, दस लोग सलाम करें....यही तो मां बाबूजी चाहते थे और संतुष्ट थे की ये सब सच हुआ उनके साथ।

जब मां बाबूजी पहली बार बेटे की शानो शौकत देखने और अपनी आंखे जुड़ाने इसके पोस्टिंग वाले शहर पहुंचे तो बेटा एयरपोर्ट रिसीव करने नही आया था पर बहु ने cab book कर दिया था और मैसेज भेज दिया था।

घर आ गए और बेटे बहु पोते को घर पर इंतजार करते पाया तो अच्छा लगा।

१ महीने के प्रवास में शहर घूमने का सोचा था पर बेटे को ना तो कभी बाहर अपनी गाड़ी में घुमाने का खयाल आया और न ही इसके बारे में कोई चर्चा हुई। सयोंग से एक भतीजा वीकेंड पर मिलने आया तो उसके साथ cab से ही सही ,पर शहर की झलक देख ली।

वापसी के दिन बहु ने समय से cab book कर दिया और सब को बाय बाय कर एयरपोर्ट की ओर चल पड़े।

मन में मलाल इस बात का रहा कि घर पर इतनी बड़ी गाड़ी हो और मां बाबूजी को एयरपोर्ट से घर लाने, आस पास घुमाने या एयरपोर्ट तक

छोड़ने की इच्छा न हो,ये कैसे हो गया ?

याद आ रहे थे वो सारे दिन जब वे दोनो टैक्सी से एयरपोर्ट रिसीव करने जाते और बेटे बहु को खुशी खुशी बातें करते घर लाते।

उनका मन अब भी नही मानेगा। अगली बार जब बच्चे घर आएंगे ,वे फिर एयरपोर्ट आकर इंतजार करेंगे और वापसी में अंदर जाने तक उनको निहारेंगे !

शायद उनका जेनरेशन दिल की सुनता है और नया दिमाग की !! आना जाना ही तो है,क्यों भला रिसीव करने और ड्रॉप करने की जहमत उठाएं! cab तो इसी लिए है ही।

लॉजिक है भाई !! पर दिल है कि मानता नहीं ।

7

समय एक दिन बदल ही देता है....

स्नेहल अपने पापा की लाडली थी। स्कूल के दिनों से ही फैशन कॉन्शस रही और अपने ड्रेस और लुक्स पर हमेशा ध्यान रखा। पापा ने उसे कॉम्प्लीमेंट देकर सपोर्ट भी किया।

शादी के लिए जब रिश्ते आए तो अच्छे लड़के के साथ मॉडर्न और प्रोग्रेसिव फैमिली पर भी नजर रखी। सब कुछ देखकर शादी हो गई। संयोग से स्नेहल की रिश्ते में मौसेरी बहन उसी घर की बड़ी बहू थी और वो खुश थी की दीदी उसका पूरा खयाल रखेगी।

शुरू में सब ठीक रहा पर कुछ दिनों बाद जब भी स्नेहल तैयार होती उसे एक चुभती कॉमेंट मिल जाती अपनी ही दीदी से। घर में घूंघट का रिवाज था और नई दुल्हन का फेस न दिखे ऐसा निर्देश था। पर सासु मां ने थोड़ा घूंघट रखने को कहा था ताकि कंफर्ट और ग्रेस दोनो बना रहे। पर दीदी को तो बस मौका चाहिए उसकी खिंचाई का। बोलती रहती की स्नेहल को तो शर्म ही नहीं आती और मेक अप भी हीरोइन जैसी करती है।

कुछ ही दिनों में स्नेहल अपने हसबैंड के पास चली गई और अब तो साल में कुछ दिन ही सब मिल पाते। स्नेहल ने सारे निर्देश हमेशा फॉलो किया पर सोचती रही की दीदी कब बदलेंगी और नए जमाने की सोच

अपनाएंगी।

खैर समय बीतता गया और दीदी की नई बहू घर आई। सर खुला रखना, सलवार सूट में घर में रहना, मेक अप करना , छोटे बाल रखना और सब से खुलकर बात करना अब सब को नॉर्मल ही नही, प्यारा लग रहा था।

लिपस्टिक और नेल पॉलिश जो सिर्फ स्नेहल के पास होती थी और उसका मजाक उड़ाया जाता , आज बहू को गिफ्ट में दिया जाता है और लुक्स पर कॉम्प्लीमेंट भी मिलता ।

स्नेहल अपने दिनों को याद कर लेती और खुश होती की सब को समय एक दिन बदल ही देता है।

मेरी कहानी मेरी जुबानी

8

मेरा परिवार एक मिशाल

मैं शिल्पी सिन्हा,Mrs Bihar हूं। खुश हूं की दिल की बरसो से जो तमन्ना थी ,वो पूरी हो गई। मिस बिहार बनने का ख्वाब कॉलेज दिनों मे आया था जो अब Mrs Bihar बन कर पुरा हुआ।

कद काठी से मैं लंबी हूं और डांस,डिबेट,स्विमिंग और ट्रेवलिंग की शौकीन हूं। कॉलेज के दिनो मे एक ऑलराउंडर जो थी। पर शादी के ५ वर्ष हो चुके और आज मैं ३३ वर्ष की हूं। बीच में मैंने इनमे से किसी में भी एक्टिव नहीं रही।

पोस्ट ग्रेजुएशन के बाद एक प्राइवेट कॉलेज में लेक्चरर का जॉब है। पति देव एक प्राइवेट कंपनी में अकाउंटेंट हैं।

मां,बाबूजी और मेरी ननद (इनकी छोटी बहन) हमारे साथ ही रहते हैं।

करीब चार महीने की बात है। मैने Mrs Bihar के लिए application देने का एक एडवरटाइजमेंट देखा तो अचानक से रोमांचित हो गई। अपने पति रोहन को बताया तो वो सपोर्टिव दिखे पर इसके तैयारी के बारे में पूरी जानकारी लेने को कहा।

दूसरे ही दिन मैंने लास्ट ईयर के Mrs Bihar का FB account चेक किया और एक common friend की पहचान की। वीकेंड में मैं उसी फ्रेंड

के साथ पिछले साल की Mrs Bihar तक पहुंच गई। उन्होंने पूरी तरह से तैयार होकर शामिल होने की सलाह दी। दिल, दिमाग और शरीर , तीनों की तैयारी चाहिए।

उन्होंने एक जिम ज्वाइन कर पर्सनल फिटनेस ट्रेनर के सर्विस लेने का सुझाव दिया। एक स्पा सर्विसेज से विकली body massage भी सजेस्ट किया। और, सोशल और जनरल टॉपिक्स पर अपनी जानकारी बढ़ाने और अपने विचार व्यक्त करने की कला पर काम करने को कहा। स्विमिंग और डांसिंग का प्रैक्टिस भी सालों से छूटा था। उन्होंने उसे भी प्रैक्टिस करने की बात कही। सब सुनकर घर आ गए।

मन उदास था की इतनी सारी तैयारी में पैसे भी तो बहुत चाहिए और हमारी आर्थिक स्थिति ऐसी नही थी की लाख दो लाख ऐसे ही खर्च कर लो।

रात में रोहन ने पूछ ही लिया की क्या पता लगा। मैंने बोला बहुत खर्चीला है ये सब। रहने देती हूं। पर वो पूरी बात बताने की जिद्द ले बैठे और पूरी बाद सुनी भी। कुछ नही बोला तुरत में। बोले बाद में बात करते हैं।

अगले दिन शाम में जब सब एक साथ हुए तो रोहन ने मेरी इच्छा सब से शेयर किया। और ये भी बताया की क्या जरूरत है करने की। एक बात तो तय था की हम वो सब खर्च नही कर सकते बिना कोई लोन लिए।

हमारा परिवार बहुत आधुनिक विचारों वाला है इसलिए किसी ने मना नही किया पर खर्च के मामले में सब चुप हो गए

छुट्टी के दिन फिर वो बात निकली क्योंकि आवेदन की तारीख बस दो दिनों बाद की थी।

मां ने सुझाव रखा की कम खर्च से भी वो सब हो सकता है जो चाहिए। हमे उस पर सोचना चाहिए।

मेरी ननद राखी ने बताया की बिना जिम गए योग करके भी शरीर और दिमाग पर काम किया जा सकता है। वो खुद रोज सूर्य नमस्कार और प्राणायाम करती है। उसने अपने भाभी को कल से ही योग कराने

की पेशकश की।

मां ने बोला अपने सब बच्चों की मालिश उसने खुद की है । यदि उसे थोड़ी ट्रेनिंग मिल जाए,तो वो मालिश घर पर ही दे देंगी।

बाबूजी ने सोशल और जनरल टॉपिक्स की लिस्ट बनाने और उस पर आर्टिकल्स खोजने का काम अपने हाथों में लिया।

रोहन ने खुश होकर फिल्मी अंदाज में कहा जा शिल्पी जा,,,अपनी जिंदगी जी ले, अपनी सालों के सपने पूरी कर ले...

सब की बातें सुनकर मैं खुश हो गई और बिना कुछ और सोचा फॉर्म भर का अगले ही दिन जमा कर दिया।

इन चार महीनों में सब ने वो किया जो कभी सोचा न था । मां तो अर्बन कंपनी की मसाज वाली से दो दिन मुझे मसाज करवाया और ध्यान से देखती रही। तीसरे दिन खुद ट्राय किया और एक दो बार में एकदम प्रोफेशनल बन गई। अब तो वो बाबूजी को भी ट्रेन कर रही हैं।

ननद राखी के साथ योग करके मुझे बहुत कॉन्फिडेंस आया और डिसाइड किया इसे हमेशा करते रहने का।

शाम में कॉलेज से आने पर मुझे रोज एक फोल्डर मिलता बाबूजी से। क्वेश्चन राउंड की तैयारी आसान हो गई।

आज मैं अपने परिवार पर गर्व महसूस करती हूं। सब का साथ मिला तो वो हो गया जो असंभव सा लगता था।

शायद इतने कम खर्च कर Mrs Bihar बनने वाली मैं और मेरा परिवार एक मिशाल बन गया हो !

9

नए जीवन शैली की बुनियाद

वैसे तो मैं बिंदास स्वभाव की हूं और जिंदगी खुल के जीने में विश्वास रखती हूं पर शादी के बाद मेरा इमेज ससुराल में कुछ अलग ही बना।

सासु मां मुझे शर्मीली और संस्कारी बहु बताती थी जो शायद मैं नही हूं। ससुर जी मुझे एक कम बोलने वाली सुशील बहु मानते थे। वैसी भी मैं नही हूं।

ऐसे इमेज बनने का कारण भी था। कोई हम उम्र नहीं था और पतिदेव एमबीए करने के लिए बाहर गए थे। घर में चुपचाप रहना और अपनी जिम्मेदारी निभाना ही काम था। साड़ी पहनती थी सर पर पल्लू रखकर और हाथों में खूब सारे चूड़ियां भी ।बाबूजी से बात करना सोच भी नही सकती और मां से बस काम की बातें होती। रही सजने संवरने की ,तो क्यों करती ?

समय बीत गया और दो साल बाद मैं पतिदेव के साथ शहर आ गई और नए जीवन शैली में ढल गई।

अगली बार जब इनके साथ ससुराल गई तो सब ने मुझे अलग रूप में पाया। बातूनी भी थी, फैशनबल भी और शायद उतनी संस्कारी भी नही।

साड़ी की जगह सलवार सूट में आ गई थी, माथे पर दुपट्टा भी नही और हाथों में बस एक कंगन और हल्की सी सिंदूर ,वो भी थोड़ा अंदर ,जो सामने से दिखता नहीं था.... मां तो बस देखते रह गई थी।

बाबूजी को मैं इस रूप में अच्छी लगी और जब कुछ गा कर सुनाया और उनसे अलग अलग विषय पर बातें भी,तो वे भी विस्मित थे । मेरी नॉलेज बेस से प्रभावित भी...

मां भी अब ज्यादा बात करने लगी थी। दिल्ली की जिंदगी और तौर तरीके ,कॉलोनी की बातें, मेरे शौक और ऑफिस की बातें...सब हमारे टॉपिक थे।

कपड़े अपने हिसाब से पहनो बस ऐसे हों की सब सहज हों और यहां के माहौल से मेल खाते हों...

अब हमारी जिंदगी सहज थी और प्राकृतिक भी।

पहले हम साथ रहकर भी एक दूसरे से अनजान थे । अब थोड़ी बेशर्मी कर भी संस्कारी और सुशील ही थी।

मां बाबूजी से खुल का बातें करना और घर में अपने तौर तरीके से रहना ...

हमारे नए जीवन शैली की बुनियाद थी।

प्रतिक्रिया

प्रतिक्रिया व्यक्त करें और अपेक्षाएं भी ताकि अग्रिम प्रयास बेहतर हो ...

संपर्क करें -
email id -
yatnesh07@gmail.com
WhatsApp -
+917028024977